Giovanni Pascoli

Le canzoni di Re Enzio

A MILANO

CHE PRIMA SU TE POSE LA SUA BANDIERA,
VA, O CARROCCIO,
VA O POESIA DEL MEDIO EVO ITALICO,
RITORNA DALLA MINORE ALLA MAGGIOR SORELLA
DAL COMUNE CHE VINSE A FOSSALTA
AL COMUNE CHE AVEVA VINTO A LEGNANO,
DALLA CITTÀ CHE L'VIII AGOSTO RIBUTTÒ,
ALLA CITTÀ CHE NEI V DÌ DI MARZO AVEA CACCIATO
LO STESSO PERPETUO EVERSORE DI TERMINI
INVASORE DI CONFINI VIOLATORE DI DIRITTI
ETERNI.

VIII OTTOBRE DEL MCMVIII

LA CANZONE DEL CARROCCIO

I.
I BOVI

Mugliano i bovi appiedi dell'Arengo.
Sull'alba il muglio nella città fosca
sparge l'odor del sole e della terra.
L'aratro appare che ricopre il seme,
appare il plaustro che riporta il grano.
Torri Bologna più non ha, che pioppi:
tra i suoi due fiumi, tremoli alti pioppi.
Più non ha case, che tra il verde, rare,
con le ben fatte cupole di strame;
più non ha piazze, che grandi aie bianche
su cui vapora un polverìo di pula.
Vi son gli stabbi sotto i tamarischi;
le cavedagne all'ombra dei vecchi olmi;
e il sonnolento macero, che pare
quasi ronfare il canto delle rane.
Il muglio parla d'opere e ricolti,
parla di solitudine e di pace
e d'abbondanza. Il muglio desta i falchi
lassù, prigioni: ch'empiono la muda
        d'un loro squittir rauco.

I falchi d'Eristallo e Solimburgo,

3

vedeano in sogno brighe zuffe stormi.
Narrano desti l'uno all'altro il sogno.
Sognava Buoso d'essere a Dovara,
nel suo castello, e di sognar l'inferno...
Quieti a basso ruminano i bovi.
L'anno è finito delle lor fatiche.
Finita è l'ansia di tirare il plaustro
per l'ampia via del console romano.
Traean pur ieri alla città turrita
le castellate dal lucente usciolo;
fasci traean di canapa e di stoppa,
a cui nel verno esercitar le ancelle;
e bianche sacca turgide di grano,
e scabri ciocchi e fragili sarmenti:
hanno provvisto il pane, il vino, il fuoco,
e il saldo filo onde si tesse il drappo
rude e sincero. E ruminano gravi
di maraviglia, ad or ad or mugliando
          nella città che dorme.

Il bianco e il rosso stanno sotto un giogo:
i due colori della tua bandiera,
forte Bologna. I rossi magri bovi,
dalle ampie corna e dai garretti duri,
fendean gemendo la saturnia terra,
allor che madre grande era di biade,
grande d'eroi. Rapidi aravano. Era
forse alla bure un dittator di Roma.
Rapidi vanno: ne' pelosi orecchi
risuona ancora il grido dell'impero.
Ma poi dall'Alpe scesero, tranando
le case erranti d'Eruli e di Goti,
i bovi bianchi, a cui restò negli occhi
lo stupor primo della Terra sacra,
i monti, i laghi, i prati, i campi, i fiumi.
Ella giacea sotto la mano stesa
del condottiere; e i piccoli e le donne
gli occhi celesti confondean nel cielo.
Stendea la mano il Barbaro esclamando:
          Italia! Italia! Italia!

Ed ora i pigri bovi bianchi a terra
piegan le gambe e sdraiano le membra.
Ma resta in piedi il fulvo lor compagno,
così ch'è il giogo a tutti e due più grave.
L'un capo e l'altro appressa torvi il giogo
comune, e gli umidi aliti stranieri.
  Ma il rosso alfine le ginocchia ponta
  e piega a terra: e in pace, a paro, entrambi
  girano poi la macina dei denti.

Comincia l'anno delle lor fatiche:
a paro, in pace, romperanno il campo:
tra poco al campo porteranno il concio
tiepido e nero; e poi faranno i solchi,
i lunghi solchi per la pia sementa,
per grano e lino, canapa orzo spelta.
L'aratro è fondo, ma il biolco preme
la stiva più. «Là, Bianco!» urla; «Qua, Rosso!»
Fumano insieme il fiato della terra
rotta e dei bovi e del nebbioso cielo
          e del seminatore.

II.
IL CUSTODE DELL'ARENGO

Sul limitare siedono i biolchi,
mangiano pane. E quali son manenti,
quali arimanni, del contado, astretti
al suolo altrui come le quercie e gli olmi.
Ma dietro loro stridono le chiavi
e i chiavistelli, ed apparisce il vecchio
ch'ha in sua balìa le porte delle stalle:
Zuam Toso. Il lume ha grave ormai degli occhi
traguarda e dice: «Uomini, dove siete?»
Cala il cappuccio, stringe a sé la cappa
con pelli agnine, ch'ebbe dal Comune
ad Ognissanti per il suo lavoro.
Zuam Toso trema, abben che sia d'ottobre.
Guarda a' suoi piedi, sulla soglia, e dice:
«Traete dentro, uomini, i bovi: è l'ora.
Già Bonifazio monta al bitifredo».
Dice il custode dell'Arengo; e i servi
taciti in piedi s'alzano, e del piede
tentano i lombi a gl'indolenti bovi
          che s'alzano soffiando.

E parla il Toso, volto a gli arimanni,
volto ai manenti: «Io vedo ormai più poco.
Ben converrà che il frate mio m'aiuti,
buon uomo e savio: ch'io non son quel ch'ero
quando il passaggio feci in Terra Santa.
Oh! mi ricordo Orso Cazanimici,
Pietro Asinelli, Scappa Garisendi,

pro' cavalieri: io, piccolo ragazzo.
Io, sì, tornai: niuno tornò, di loro,
sì che in Bologna ne fu poi gran pianto.
Poi l'altra volta mi crociai. Ricordo
il Lambertazzo e il Geremeo seduti
placidi all'ombra, all'ombra d'una palma.
Era in Soria. Tenevo io per le briglie
i due cavalli: si mordean rignando...»
Quivi un biolco avanti trae la coppia
prima de' bovi, e dice: «Misèr Toso...»
E quei dà luogo, ed esce nella piazza.
Sotto l'Arengo vi son già fanciulli
        con gli occhi aperti al cielo.

Vogliono il re. Dice Zuam Toso: «Andate!
Quando ero putto come voi, ben altro
io vidi! Vidi, grande, alto a cavallo,
l'imperatore dalla barba rossa.
Lì!» Gli occhi tondi vanno dietro al dito.
«Egli solcava col suo grande aratro
le piazze e vie delle città romane:
seguiano il solco nugoli di corvi».
Più lungi è un crocchio di donzelle e donne;
chinano gli occhi all'appressar del Toso.
E il Toso dice: «E quale di voi, donne,
quello ch'io vidi, poté qui vedere?
Santo Francesco. Trito, macilento,
piccolo; in veste disusata e vile.
Ma e' parlò così soavemente,
che tutti quanti furono in Dio ratti.

*   Niuno è sì grande, che gli sia promesso –
diceva — uno palagio pieno d'oro,
che non portasse un sacco di letame
        per un aver sì grande! —»

Poi Zuam aggiunge: «Ed era quello il tempo
che Dio sgrollava la città partita,
piena d'invidia. Ed e' parlò di pace,
Santo Francesco, e non facea guadagno.
Ecco e d'un soffio scosse Dio le torri.
tra lor nimiche, e ignuna versò fuori
le sue colombe; e stettero sull'alie,
e poi scesero al frate poverello,
quali sul capo, quali sulle spalle,
alquante in grembio, alquante sulle braccia.
Allor sì venne la divina grazia,
in veder quelle l'alie aprire e i becchi,
semplici e caste, sotto la sua mano!»
Ma quivi il Toso muove inver l'Arengo,
ché alcun lo chiama; e le donzelle e donne

levano gli occhi verso le finestre.
Cercano il re. Vanno da torre a torre,
da torri guelfe a torri ghibelline,
e sopra i merli e sopra le baltresche
        tubano le colombe.

III.

I BIOLCHI

Sotto le grandi volte dell'Arengo
ora i biolchi hanno attaccato al carro
il primo paio, hanno fermato il giogo
con lo statoio dal sonante anello.
Hanno al timone l'altre paia aggiunte
con lunghe zerle e lucide catene.
Sono addobbati a bianco ed a scarlatto
ora i biolchi, gli otto bovi e il carro.
Giace su questo un albero da nave,
alto, ferrato. Attendono nell'ombra
uomini e bovi il cenno della squilla.
Guardano in tanto. Attorno lor non sono,
nella rimessa, acute vanghe e zappe,
falci e frullane, non il curvo aratro,
né coreggiati né pennati appesi
alle pareti o flessili crinelle:
sì lancie e scudi e selle e cervelliere,
balestre grosse e loro saettame,
guanti di ferro, elmi di ferro, e trulli,
        trabucchi e manganelle.

Dice Zuam Toso: «Il carro, non di concio
credo vi sappia, non di grano e mosto.
Non uve frante egli portò; sì morti,
grandi e bei morti, e sente forse il sangue.
Io l'amo, o genti, ch'io nell'anno nacqui
ch'egli fu fatto. Ahimè! com'egli ha salde
le membra sue di rovere e di faggio!
Io sono invece canna di palude...
Ma non fui sempre. Non tremiamo al vento
noi! Come ha scritto il savio Rolandino.
Dicea mio padre, che Dio l'abbia in gloria,
che Barbarossa minacciò Bologna.
E noi facemmo questo greve carro
per uscir fuori, lenti lenti, al lento
passo dei bovi; e c'era un grande abeto
in cime all'Alpe, vecchio come Roma:
noi ne facemmo questa lunga antenna,

ch'ei la vedesse; e suvvi la campana;
che pur lontana egli la udisse chiara
          tra il trotto dei cavalli».

Tacciono, all'armi guardano i biolchi.
Chi guarda è un altro che in lor è: l'Antico.
Fermo sul suo pungetto, uno è un astato
che avea seguito l'aquile di Druso.
Ei campeggiò sul Reno e sul Visurgi.
Franse i giganti Cauchi e Langobardi.
Portò, trent'anni, l'armi il vallo e il vitto.
Cenò la pulte con l'aceto e il sale.
Ebbe ferite e un ramuscel di quercia.
Poi vecchio arò due iugeri di terra.
Le glebe allora ei debellava, e gli era
pilo la vanga e gladio la gombiera.
Spiò nel volo degli uccelli il tempo
della sementa e della mietitura.
Piantò gli alberi a file di coorte.
Non trombe all'alba altre sentì, che il gallo.
Non fu nel campo altro ronzìo, che d'api.
Poi, di quel campo, in un de' suoi nepoti,
servo rimase. E portò lino al Duddo
          e vino allo Scafardo.

L'altro a cavallo dietro il suo Sculdascio
giunto era qui con la selvaggia fara:
rasa la nuca, la capellatura
attorno al viso mista alla gran barba.
Vide i gasindi dar la lancia a Clefi,
vide ferir nella colonna Autari.
Quindi nel nome del suo Dio, nel nome
della sua spada, ebbe una casa e il bosco.
Tenne il cavallo, serbò scudo e lancia,
se lo chiamasse all'eribanno il Duca.
Ed avventò contro le sacre quercie
la vecchia scure delle sue battaglie.
Ed allevò gli utili porci, e trasse
ai fòri antichi le grugnenti greggi.
Poi si trovò, ne' suoi nepoti, schiavo,
esso arimanno! Né più v'era attorno,
chi la saetta gli ponesse in mano,
chi lo adducesse al libero quadrivio.
Ora, egli ammira l'armi del Comune,
          fermo sul suo pungetto.

IV.

L'INSEGNA DEL COMUNE

E suona la campana del Comune.
La Patria intima il breve suo decreto,
di bronzo. Tutta la città ne ondeggia.
S'odono cozzar armi,
squillar trombe. Póntano i piedi, e il duro collo i bovi
stirano, e sbalza sulle selci il carro.
Tuonano le alte volte dell'Arengo.
E il re si desta. Il re sognava danze
di Saracine del color d'ulivo...
Scoteano lieve il cimbalo sonoro.
Sognava il re di falconar nel greto
d'un grande fiume, sul suo bel ginnetto...
Seguia lassù la ruota dell'astore.
Sognava le foreste di Gallura:
era nel folto, al guato del cignale...
Udia sonare alla lontana il corno.
Sognava guerra, e colpi e sangue e morte,
su vivi e morti alto l'imperatore...
Vedeva... Il sogno ecco gli rompe il cupo
        strepito del Carroccio.

Esce il Carroccio e sta sotto l'Arengo.
Par che si levi un pianto dalle donne.

*   Quando tu parti, nulla qui rimane:
restano solo i morti nelle chiese.
Tu rechi gli altri a non sappiam che terre:
felici i morti presso il loro altare!
Tu vai per via coi lenti bovi al passo:
ecco i ladroni sopra gran cavalli.
Forse hai le ruote prese dentro il fango:
scagliano frecce con le gran balestre.
O forse è afa, polvere, sudore...
Che fresco sotto gli archi di San Pietro!
Non più consigli nella bella chiesa,
vicino ai morti ed alle pie reliquie:
dove son più le compagnie dell'arti?
dove son più le compagnie dell'armi?
Non ci son più, che donne inginocchioni;
chi sa, se mogli, se ancor madri, o nulla?
e fanciulletti; e fanno male al cuore,
        ché giocano al Carroccio! —

Resta il Carroccio all'ombra dell'Arengo.
Ora s'adorna dei suoi scudi in giro:
l'Aquila, il Pardo, il Grifo, il Toro, il Cervo
ed il Leone; Spade, Schize, Sbarre.
Fiorisce il carro di color di cielo,

di sangue e d'oro. Fascie bianche e nere
paion da un canto ricordare un lutto.
Guardano i vecchi, rissano i fanciulli,
ché in cuore ognuno ha una di quelle arme,
forse la Branca, oppur la Stella d'oro.
Anche i Lioni, senza più criniera,
lioni vecchi, odiano il Grifo alato,
o chiusi nel turrito lor Castello,
sdegnano i Vari e schifano i Balzani.
Uomini in tanto drizzano l'antenna
sopra il suo piede, e funi tese e nervi
tengono fermo l'albero sul carro.
Un lieve tocco dà la Martinella,
e bianca e rossa ondeggia in alto al vento
        l'insegna del Comune.

Guardano, or sì, vecchi e fanciulli, in alto.
Le donne in cuore hanno finito il pianto.

*   Quando tu parti, teco viene il tutto:
poniam su te tutte le vite nostre.
Le nostre vite porti uguali unite:
carico vai di grappoli e di spighe.
Quello che fummo e quello che saremo,
 tranano i lenti e forti bovi al passo.
Carro, tu sei l'arca del nostro patto,
tu sei l'altare della nostra legge.
La messa e il vespro sovra te si canta,
squillano a morte di su te le trombe.
No, non con noi restano nelle chiese
i Santi d'oro: escono teco in campo!
Nemmeno i morti nei muffiti chiostri
sono con noi: vengono teco al sole!
Vengono ai tocchi della Martinella,
che suona all'alba, a sera, a morto, a gloria,
o bel Carroccio, o forza arte ricchezza
        e libertà comune! —

V.

LE COMPAGNIE DELL'ARMI

Il popolo — ecco dalle quattro porte,
dai quattro venti, il popolo che viene.
Viene seguendo i quattro gonfaloni
coi quattro santi e con la rossa croce.
Hanno l'osbergo tutti e le gambiere,
hanno il roncone e la mannaia lombarda.
Hanno lasciato i ferri del lavoro
sull'oziosa incudine e sul banco,
e preso il ferro. Vengono a cavallo,

guardando in su, cattani e valvassori,
domini e conti, in cui poder castella
son, del contado, ed, in città, tubate.
Son gli Andalò, signori di più terre,
con cinquecento servi della gleba,
Alberto de' Cazanimici grandi,
la mala volpe, ed Albari e Galluzzi
e il conte reo da Panico e il cattano
di Baragazza, i re della montagna,
ch'hanno il lor covo in venti castellacci,
     e rubano alle strade.

Pensano i Grandi: «O buoni callegari
e bisilieri, non vi pesa in groppa
il nostro ferro? Il ferro a voi fa d'uopo
per ganci e graffi e raspe e seghe e morse.
L'azza... vi resti, pei beccai per l'arti!
Ma quel ronciglio abbinlo i boattieri».
Il popol va, pensano ognuno e tutti:
«Conti, v'abbiam graffiato dagli scudi
l'orso e il leon rampante con la rosa,
e pinti su l'aquile nostre e i pardi.
Voi cavalcate dietro i gonfaloni
nostri, Colonna, Grifo, Angelo e Branca.
Ma voi covate sotto la gaiferia
astio tra voi, spregio per noi cattivi.
Tempo verrà che, ricchi noi, daremo
castella ai gufi e torri alle cornacchie.
Vi abbiamo preso l'azze e le corazze,
l'aste e gli scudi. Verrà tempo, e forse
per l'armi vostre vi darem le nostre:
     pettini, cardi ed aspi».

Vedono all'ombra dell'Arengo il carro
come galea ch'è per uscir dal porto.
S'alza il nitrito d'un cavallo al cielo.
Più ferreo tuona il passo de' pedoni.
I cavalieri, ognuno oblia sua parte:
Comazzo parla amico ad Uspinello.
«Chi pari a lui? Che Berte o Bertazzole!»
Un marangone, vecchio, delle Schize,
ricorda i tempi di vent'anni addietro,
che lo raddusse un angelo a Piumazzo.
«Egli parava i bovi con un fiore.
Fu l'anno che i cavalli ghibellini
bevvero al Reno: e che le manganelle
furono prese...» Un valvassore aggiunge:
«Ne restò una, che gittò l'altr'anno
l'asino...» Un riso corre grandi e plebe.
«Chi pari a te, Carroccio bianco e rosso?

Forse il Blancardo? Forse la Buira?
Quando ella va, con le sue vacche, intorno
        gridando: *Chi to' latte?* «

Le lunghe spade ignude sulle spalle
sono i Lombardi ai lati del Carroccio.
Sembrano usciti allora da un convento,
d'aver giurato sopra l'evangelia;
aver negli occhi fiamme di covoni
e fumigare lento di macerie.
In lor città vedono andar l'aratro:
passa l'aratro e rompe ossa di morti.
Serpeggia il rovo dove fu la Chiesa,
l'edera monta dove fu l'Arengo.
 Non hanno più la lor città di pietra:
questa di legno hanno, e ramenghi vanno.
Poservi su quanto è più dolce al mondo,
quanto è più sacro, quanto è suo per sempre.
Poservi il dritto, che vivente e sano
da fiamme e da rovine esce e da mucchi
di morti: il dritto della nuova Italia.
E però stanno ai mozzi delle ruote,
guardia e scorta, con le lunghe spade i
        ignude sulle spalle.

VI.
IL PRIMO CARROCCIO

Che fu da prima? Il carro del convento,
che usciva ai campi, al tempo delle messi.
Squillava il suono della campanella,
per l'erme vie, con le cicale a gara.
Vennero al trebbio ove sostava il carro,
gli schiavi agresti col formento e l'orzo.
Vi si accoglieano i grami e nudi intorno,
come a sperare; e non sapean che cosa.
Sedeano a lungo, il viso tra le pugna,
quel suono udendo lontanar nel sole.

E poi tornò tra il canto degli uccelli,
un dì di maggio. Era la terra in fiore.
La Martinella risonò nel nome di Dio,
che fece il servo e il valvassore.
Sonava a stormo, e i servi della gleba
corsero con le falci e con le ronche.
V'era un altare, dove ardea l'incenso;
salìa l'incenso e si mutava in nubi.
V'erano angeli con le lunghe trombe,

e dalle trombe vento uscì di guerra.

E poi fiammeggiò rosso nei carrobbi
della città, chiamando l'Arti all'armi.
«Le lancie in pugno, o voi che le foggiate!
Le spade in pugno, o voi che le temprate!
Voi che le torri a pietra a pietra alzate,
chi fa, disfà: gettate giù le torri!»
Venne la plebe antica. Allato al carro
stava un uscito dall'oblìo dei tempi;
grande; come ombra al vespro ed all'aurora.

Parea che avesse i fasci con le scuri.
E poi tornò sotto il gran cielo il carro
fulgente d'armi. Avea con sé gli artieri
e i ferrei conti e i sacerdoti assòrti:
il Popolo era, intorno al suo Carroccio.
La città era, che possente, augusta,
usciva con la Chiesa e con l'Arengo
e col suo Santo e col suo Dio; con tutto.
Giunta al nemico, ella dicea col bronzo
della sua squilla: — È presso te Milano,
che mutò luogo: al modo delle stelle. —

E venne tempo, e patria sola il plaustro
restò. Giaceva la città di pietra.
E il plaustro parve il Gran Carro di stelle
che intorno a un punto sempre va nel cielo.
Ma vennero altri plaustri, altre vaganti
città tranate dai muggenti bovi,
altri raminghi popoli. Fu il mese
d'aprile, il mese che aprono le gemme.
Di fiori in boccia sorridea l'altare.
Le Martinelle sonavano a gloria.

E il doppio a festa si faceva immenso
e percotea nell'avvenir profondo.
Misto era a scrosci, a voci, a urla, a rombi.
Forse tonava sopra la Redorta.
Era d'aprile. Il figlio della lupa
quel mese arò con la giovenca e il toro.
Era d'aprile. Dalle tue macerie
nascean, Milano, l'erbe ancora e i fiori.
Vi aveva arato l'arator selvaggio:
dal solco fondo germinò l'Italia.

E fu l'Italia giovinetta, eterna,
su te, con te, Carroccio di Milano,
quel fin di maggio! Già sfiorian le rose.
Andava lento in val d'Olona il plaustro.

Il distruttore di città lo scorse:
gli si avventò coi cavalier di ferro,
ruppe le schiere, i sacri bovi attinse,
l'azza scagliò contro la sacra antenna.
Allor su lui con novecento spade,
splendide al sole, si gettò la Morte.

E quella sera il carro del convento,
il santo carro di Pontida, attese.
Reddiano stanchi i falciatori a vespro,
rossi di sangue, e rosso era di sangue
il carro, e i bovi, che muggian sommesso.
Ma il canto andava, delle trombe, al cielo.
Rosso era il cielo, che s'empìa di stelle.
Lucean le stelle ai morti. In mezzo, eretto,
si riposava su l'enorme spada
        Alberto da Giussano.

VII.

LA VIA EMILIA

Il Podestà coi giudici e' notari
scendono, in ricchi sciamiti velluti.
Vanno lor contra gli Anziani artieri:
lento è lor passo e lor parola è breve.
È scura omai la piazza di Bologna,
scura di ferro. Al chiaro sol d'ottobre
lucono punte d'aste e di roncigli.
I gonfaloni tremano come ale
d'uccelli incerti di spiccare il volo.
Percuote l'ugna dei destrier le selci.
La gente ammira il suo Carroccio adorno:
i trombettieri con le lunghe trombe
in cui la guerra mugge come il mare
nella conchiglia; e i più valenti in guerra,
che ad uno ad uno son mostrati a dito,
gli ultimi, eletti a non morir che a sera;
e il sacerdote con pianeta e stola,
che deve a notte benedire i morti.
Le madri in capo alzano i bimbi, come anfore
        andando al fonte.

Va! Che tu vada dove cade il sole
o il timon duro volga al sol che nasce,
va per la piana e larga via romana,
con sull'antenna il ramo dell'ulivo.
Non sei de' carri che seguiano a tergo
legioni mosse a propagar l'imperio,
non sei de' carri, ove dormian le donne

dei Goti scesi a metter fuoco a Roma.
Placido e forte per l'antica strada
va, che attraversa le città munite,
le città belle; ed erano già fòri e
còmpiti e quadrati accampamenti,
e vi sonò, misto alle gaie voci
rustiche, il grave accento dei triari.
Sorgon per tutto agili tremoli alti
pioppi del Po, scolte del re dei fiumi.
Nelle vigilie parlano tra loro,
sommessamente per la bianca strada,
che va sui ponti eterni dall'Eridano
        a un Arco trionfale.

Strada non è, ma grande fiume anch'essa.
È la sua fonte appiedi d'una rupe
di Roma, presso il tempio di Saturno,
il vecchio Dio. Nasce a una pietra d'oro.
E prima specchia urne d'antichi morti,
di cui non sanno che i cipressi il nome!
Poi sbocca ai campi, sale ai monti, fende
le roccie, inoltra per le sacre selve;
finché dall'Arco del trionfo sgorga,
Po, nel tuo regno, ch'ha per guaite i pioppi.
Né più ravvisa le città d'un tempo.
Ora riflette aspri serragli, torri
merlate, cerchi di massicce mura
e chiese ed inquieti battifredi.
Tutto è mutato. Pure il sacro fiume
che nasce appiè del Campidoglio, ancora
porta notturno le memorie a flutti
con cupa romba... Va pel fiume eterno,
o nave nostra, con la vela nuova
        all'albero maestro!

Non per un fiume; per un mar tu varchi,
nave fornita d'ogni fornimento
per il passaggio. Un mare ti circonda,
uguale, immenso, e sempre a gli occhi ondeggia:
un mare biondo e tremulo di spighe
d'onde s'esala già l'odor del pane,
un rosso mare di trifoglio, un mare
verde di folta canapa, un celeste
mare di lino, cielo sotto cielo,
e bianche in mezzo nuotano le culle.
E varca, o nave, pel fecondo mare
che muta vista ogni filar di viti,
tra cui si spande il pero e il pesco, e il melo
colora i pomi del color dei fiori.
E ti saluti, non la procellaria,

bensì la quaglia che tra il grano ha il nido.
E i bimbi ver' te strillino, e dai solchi
parlino a te col lieto muglio i bovi.
E gioia all'alba dica, e dica a sera
          pace, la Martinella.

VIII.
IL RE

Ma uno squillo suona al ciel, di guerra,
come uno strillo d'aquila sul monte.
I cavalieri levano la spada
ed i gonfalonieri il gonfalone.
Levano il duro pungolo i biolchi,
e i trombettieri imboccano le trombe.
Tutti si son branditi dentro l'arme.
Per tutto è corso un brivido di ferro.
Spiccia dagli occhi a donne e vecchi il pianto.
Sboccia tra i labbri de' fanciulli un grido.
O patria! O grande, forte, unica! I cuori
sbalzano al primo cigolìo di ruote,
già; quando gli occhi dei fanciulli, quando
le donne e i vecchi, quando tutti, a piedi
ed a cavallo, con le trombe in bocca,
coi gonfaloni, con le spade in mano
o sulle spalle, e i pungoli e le lancie,
tutti, ma uno, in suo pensiero, ognuno,
come ad un cenno, nel silenzio grande,
          si volgono all'Arengo.

Pare che passi un soffio di grandi ale.
Forse è il lor tacito ànsito che s'alza.
Premono in cuore l'ululo i biolchi,
i trombettieri tengono lo squillo.
I cavalieri appoggiano alle groppe
de' lor cavalli la ferrata mano.
Son tutti gli occhi volti in su, son volti
tutti ad una finestra dell'Arengo.
Non più diritte sono lancie e spade:
mandano un vario scintillìo confuso.
Alla finestra è il vinto di Fossalta,
il Re. Gli luce d'oro il capo, i biondi
capelli istesi insino alla cintura.
Guarda il Carroccio coi grandi occhi azzurri,
là in mezzo al duro mareggiar del ferro.
Guarda la rossa croce sull'antenna.
Re Enzio sta, come sulle rembate
d'una galea. Sotto, gli fiotta il mare;
e il vento salso gli enfia le narici

16

e tra i capelli fischia...

È l'ànsito del Popolo, che passa
come un gran vento tra la sua criniera
fulva. Il leone vivo del Comune.
il bello e forte suo leone in gabbia,
esso è. Ma esso ha ben fratelli al mondo,
ch'escono armati d'oro come stelle,
dalla serenità di Federigo
Cesare Augusto! O nati dall'Aguglia!
O re Currado! O principe Manfredi!
O dritti stanti a guardia dell'impero
giovani figli dell'imperatore!
E conti e duchi e principi e landgravi
tutti d'un sangue! Dritto sta re Enzio,
re di Sardegna e di Gallura e Torri,
conte degli aspri monti del Mollese,
e delle cupe selve in Val di Serchio,
e delle terre apriche al Mar di Luni,
signor della Versilia e di Varresso.
Gli occhi del Re s'incontrano con gli occhi
        del Popolo, in silenzio.

E scoppia acuto il suono delle trombe,
e grave romba il suon delle campane,
e vi si mesce il grido de' fanciulli
e le femminee voci di preghiera;
e i cavalieri spronano, e i cavalli
partono sfavillando sulle selci,
e i duri artieri partono col croscio
della gragnola; e tutti i gonfaloni
tremano al vento, e tutte l'armi al passo
dànno bagliori, e ferro è che si muove,
ferro che va con un clangor di magli
su forti ancudi da cui raggia il fuoco:
e i bovi il capo curvano alle grida
del lor biolco, e tirano, e il Carroccio
va: crolla, crolla, la sublime antenna,
e la bandiera si disnoda in cielo.
Suonano in cielo tutte le campane
sopra il Carroccio. È la città che parte:
parte levando un lento aereo canto
        con tutte le sue torri.

IX.
I PRIGIONI

Volge all'occaso, volge a Porta Stiera,
volge il Carroccio per la via del sangue.
Non trenta volte trenta dì son corsi
da che re Enzio combatté, fu preso,
per quella via, come un astor maniero
preso alla pania. Or ei ricorda il giorno
che passo passo in groppa d'un muletto
seguì quel carro e i bovi dell'aratro.
O sacro impero! O aquile di Roma!
Ma Enzio a un tratto si riscuote, e parla.
Parla a Marino d'Ebulo, a Currado
di Solimburgo ora loquace or muto.
Siede cruccioso Buoso da Dovara.
«Credete voi che dorma la possanza
del sacro impero?» Il conte apre la bocca.
Buoso tentenna il capo e non risponde.
S'odono i duri passi de' custodi
fuor delle porte, e il busso de' ronconi
sul pavimento. La città par vuota.
        Esclama il Re: «No: veglia!»

Dalla città par la città lontana.
Non s'ode più di tante squille e trombe
che una campana, e il busso de' ronconi
sul pavimento e il passo de' custodi.
Aggiunge il Re: «Per una nube credi,
o Buoso, tu, non sia più cielo il cielo?»
Tentenna il capo Buoso da Dovara.
«Conte Currado, ben mio padre ha detto,
come tu sai, bene il sereno Augusto
scrisse: — Faceste corna, o voi, di ferro,
con cui credete ventilare il mondo!
Alcuno ascese per cader più d'alto.
Voi fate feste e vanti coi fratelli
vostri Lombardi: ripensate al nostro
grande avo; addimandatene i fratelli... —
Conte, e' le corna frangerà di ferro!»
Il conte un poco apre le labbra, e tace.
Stanno i custodi, è ferma la campana.
Non s'ode più che il paternostro, in piazza,
        d'un cieco senza guida.

Enzio a sé ode i battiti del cuore.
Pensa a suo padre. Federigo Augusto
è come Dio, tacito sì ma insonne.
Forse e' s'aggira col possente stuolo
presso la cerchia di città ribelli.
Cesare in armi scorre per l'impero.
Vengono al suon de' timpani gli arcieri
arabi snelli, e grandi cavalieri

monaci assòrti ne' lor tetri voti;
Normanni biondi della Conca d'oro
con gli occhi incerti tra verzieri e fiordi;
conti e cattani scesi d'Apennino,
e col suo stormo cavalcando chiuso,
solo Ecellino; e leopardi e tigri,
e con l'andar di nave i dromedari,
e il leofante con la torre quadra
da cui s'alza il vessillo imperiale
con la grande aquila; e l'imperatore.
Egli cavalca, né tristo né lieto,
          con un gerfalco al pugno.

Enzio a sé ode i battiti del cuore
giovane. — E s'Egli fosse alla Scultenna?
Se campeggiasse intorno alla Fossalta?
volesse su quella oste di manenti
trar sua vendetta dove fu lor vanto?
Sono, in lor cieca oltracotanza, in campo
forse ora usciti per sentor che ne hanno...

*   Ed Enzio parla: «Or di', conte Currado
di Solimburgo! Se d'un tratto, andando
coi tardi bovi e i tardi artieri il carro,
l'oste sentisse sibilar le freccie
dei Saracini, rimbombar l'assalto
dei cavalieri, calar mazze e spade
ed azze e lancie, ed apparir, ruggendo,
il nero capo d'Ecellin d'Onara,
e stormi e stormi correre in tempesta
sopra il Carroccio, e d'ogni parte il grido
alzarsi: Roma! Roma! Imperatore!...»
«Ma egli è morto,» grida il conte: «morto
          morto, l'Imperatore!»

X.
L'IMPERATORE

Sì. Egli dorme in una Cattedrale,
entro l'eterno porfido dell'arca.
E' non sa più di stormi e cavalcate,
e' non sa più di timpani e di trombe,
nel dolce tempo quando foglia e fiora,
ch'egli tendea nei prati i padiglioni.
Non più dai geti libera l'astore,
delle canzoni perse il motto e il suono.
Non suono più di corni o di leuti,
ma pii bisbigli e il canto della messa.
Anche ha dimenticato gli anatemi,
e il bando a lui nel giorno dell'ulivo,

e i giorni d'ira, i giorni di sventura
coi ceri accesi e le campane a festa.
Dorme nell'arca rossa l'Anticristo
nato alla vecchia monaca, e nudrito
da sette preti. Presso, il mare aspira
col lento succhio tutto il cielo azzurro:
al cielo dà Gennet-ol-ardh l'olezzo
        dei cedri e delle rose.

Al morto grande imperador di Roma
dissero pace i vescovi di Cristo.
Di lui parlò 'l rabbino al Dio d'Abramo,
a braccia spante volto all'Oriente.
Per lui, girando attorno al minareto,
le cinque volte il muezzin cantò.
Or egli giace nell'oscura cripta,
coi mali e i buoni. Oh! avessero favella!
Direbbe forse alcuno dal sepolcro:
Qual sei disceso presso noi Ruggero?
Noi padre il vento e madre avemmo l'onda. –
Risponderebbe: — O figli di Vikinghi!
Anch'io fui vento, figlio anch'io di vento!
Né Skaldo mai cantò sull'arpa un canto
più grande e bello, né più bello e grande
mondo mai vide Re del mare in corsa,
del sogno mio... — Ma più non ha favella
ora, e il coperchio è sceso omai per sempre
        sull'arca fiammeggiante.

Dorme, ma i sogni non saprà narrare,
s'egli pur sogna, e si ritrova a Roma
sulla quadriga di cavalli bianchi
per la Via Sacra andando al Campidoglio.
Placato è il Mondo. Seguono, al guinzaglio,
Cesare Augusto leopardi e tigri,
vengono sopra il dosso d'elefanti
l'armi e i trofei delle città ribelli...
O lascia il Mondo veleggiando al Regno
santo di Dio. Distendono le vesti
e ramuscelli per le vie, ch'e' viene.
Cantano Osanna! Osanna negli eccelsi!
Tutti hanno in mano i rami delle palme.
Cristo ritorna al suo sepolcro vuoto.
Cristo ritorna a dare la sua pace.
Sta sulle porte di Gerusalemme.
Sta tra le nubi. Ha virtù molta e gloria.
Gli angeli a lui congregano le genti
dai quattro venti; ch'Egli a tutti franga
        il pane, e mesca il vino.

Ma col dormente è il sogno suo sepolto,
tra il Mondo e Dio, nell'isola del Sole.
Ed una voce è corsa per la terra,
che quella è stata l'ultima possanza,
l'ultima vasta raffica di vento
che dileguò lasciando ansante il mare.
Forse la voce viene dal profeta
che ha barba grigia come vecchio musco,
dal vecchio bardo errante nella selva
di quercie brulle in cui verdeggia il vischio.
E poi verrà chi povero e ramingo,
errante anch'esso in un'antica selva,
nei luoghi dove spento fu, la prima
volta, l'imperio, sognerà quel sogno
che tace là sepolto dentro l'arca.
La selva sta, sublime cattedrale,
su mille e mille aeree colonne.
E il peregrino v'ode il soffio eterno
dell'Infinito, che lo tocca in fronte
        come soave vento..

XI.
IL PAPA

E il vento soffia, dell'autunno, e stacca
le foglie ai pioppi della strada e a gli olmi,
di quando in quando. Cadono le foglie
stridule sopra le armi e sul Carroccio.
Ecco e il Carroccio e il Popolo s'arresta;
e lancie e spade sono volte a terra.
Sonate, o trombe! Squilla, o Martinella!
Inchina a lui la pertica il Carroccio.
Son là di contro i sacerdoti rossi,
vescovi, preti, diaconi di Roma.
Guatano appena, parlano tra loro
sommesso e grave, o coi marchesi e conti
lor lancie e spade. Vinsero. Per loro
Dio combatté. La fronte atterra e gli occhi
muto solleva il Popolo di ferro,
lassando i suoi ronconi e talavazzi.
Tra il rosso delle porpore, tra il lampo
d'armi dorate, alto tra terra e cielo,
in faccia a lui ravvolto nel suo pallio,
        è, tacito, il Gran Prete.

È il successore di Simon Bar Iona
che a Gesù disse primo: «Tu se' Cristo!»
di Pietro a cui lasciò le chiavi in terra,

del cielo, il Dio che ritornava al cielo.
È il Cristo che rimuore e che risorge
perennemente, è il Cristo del Signore,
l'Unto nel capo, il Verbo che rimase
in terra Carne, e che tra noi dimora.
Di qua da Dio, di là dall'Uomo, è l'Uno
degli invisibili angeli più grande,
poi ch'egli in terra è giudice del cielo,
dei Troni e delle Dominazioni.
É il Dio che Dio creò su Faraone
dal duro cuore, e lo mandò coi segni
del suo giudicio, e gli affidò la verga
che si fa serpe e si disnoda e fischia
appiè dei re; che dove si distende,
i laghi in sangue, muta i fiumi in sangue,
ogni acqua in sangue, e nella terra intiera
          fa che non sia che sangue.

Ora il Gran Prete alza la mano, e parla:
«La terra esulta e si rallegra il cielo:
dov'è colui ch'era nemico al Cristo?
dov'è il gigante di Babel, possente
in faccia a Dio, saettator dei giusti?
dove il Nerone, dove il nuovo Erode?
dove il Soldano me' che imperadore?
Scendeva un maglio ad or ad or sul mondo.
Non s'ode più. Cadde di mano al Fabbro.
Spada di Pietro, lancia di Maurizio,
e' si voltò contro la Croce e Pietro.
E Dio lo franse. Egli dovea le notti
schiarar, del sonno e degli errori, Luna,
che da noi Sole ha, quant'ella ha, di luce;
né volle; e invase, ombra deforme, il giorno.
La notte eterna or lo riprese e cinse.
Noi pose in Roma trionfal suo carro
Dio! Pose a noi Dio stesso nelle mani
destra e sinistra, le due briglie lunghe
          del cielo e della terra!»

Torna il Carroccio e il Popolo nel chiaro
lume d'ottobre. Splendono le rosse
pampane intorno, splendono le vesti
rosse e l'argento delle curve mazze.
Dice Innocenzio: «E voi sterpate il seme
del reo Nembròd ch'e' non rimetta ancora».
Dice Innocenzio: «Buoso da Dovara
vuo' che da voi, per amor mio, sia sciolto».
E un Anziano: «Noi teniam due terre
di Santa Chiesa. Averle amiamo in dono».
«No» dice il Papa. Alcun de' Lambertazzi

stringe più forte il pomo della spada.
Presso è Bologna; e già si son rideste,
tra grida e canti, tutte le campane.
Splende lassù, per un momento, a oro,
nel sol morente il capo del re Enzio.
Poi cala il grido e il murmure: poi cessa.
Parla ai biolchi, tetri, sulla porta,
ilare Zuam. Mugliano stanchi i bovi
        appiedi dell'Arengo.

LA CANZONE DEL PARADISO

I.
IL BIROCCIO

I bovi per l'erbita cavedagna
portano all'aia sul biroccio il grano.
Passa il biroccio tra le viti e li olmi,
con l'ampie brasche, pieno di covoni.
Sotto i covoni va nascoso il carro,
muovono i bovi all'ombra delle spighe.
La messe torna donde partì seme,
da sé ritorna all'aia ed alle cerchie.
I mietitori ai lati del biroccio
vanno accaldati, le falciole a cinta.
Sul mucchio, in cima, un bel fantino ignudo.
Tre vecchi gravi seguono il biroccio,
i tre fratelli, un bianco, un grigio, un bruno.
Ma di lontano, dalle gialle stoppie,
un canto viene di spigolatrici.
Sola comincia Flor d'uliva il canto,
poi le altre schiave alzano un grido in coro:

Sette anni planse, oimè sett'anni sani,
e scalza andava, un vinco in ne le mani.
Pecore e capre aveva entorno, e' cani.
Sette anni, oimè taupina sclava,
sett'anni planse: un dì, cantava...
Passava un cavaleri de la crose,
sentì lassù la dolze clara vose,
ligò 'l cavallo cum la brillia a un nose:
«Vosina clara como argento,
sett'anni è sì, che no te sento...»

Son tra i pioli i ben legati fasci,
le spighe in dentro, e sovra il mucchio d'oro
che va da sé, siede il fantino e ride.
Ride gettando i fiordalisi in aria
e le rosette: al piccolo di casa
mandano a gara, uomini e donne, un motto,
mandano a prova, verle e quaglie, un suono.
Parlano i vecchi, i tre fratelli, insieme.
E l'uno parla, e dice: «Arregidore,
ben Vidaliagla si può dir granaro».
E l'altro parla, e dice: «Campagnolo,
la terra è buona, ma voi meglio siete;
voi, meglio, e i bovi del fratel Biolco».
Tace il Biolco, ma s'allegra in cuore.
E più lontano viene dalle stoppie
il canto tristo. Flor d'uliva intuona:
seguono l'altre, ch'oggi sono ad opra:

Ligò 'l cavallo, e se li fece avanti.
«Deh! pasturella, Deo te guardi e' Santi.
Mangiasti bene, così gaia tu canti!»
      «Vui dite, la Deo gratia, vero:
        mangiammo, e' cani et eo, pan nero».
El cavaleri la mirò cum dollia.
«Ne' to' cavelli sempre 'l vento brollia,
lassa tra' rizzi l'erba 'l fior la follia».
      «El vento no, non è, meo Sire:
      è che nel feno aio a dormire... «

Fermo è il biroccio. Al bel fantino stende
le mani, e d'alto lo raccoglie in collo,
la prima nuora; e gli uomini e le donne
prendono i fasci e fanno il cavaglione.
L'Arregidore dice al Campagnolo:
«Spighe segate e manipelli a bica
di rado o mai Santo Zuanne ha visti».
Dice il Biolco: «E seghisi la stoppia
prima che piova, non la terra v'entri!»
E il Campagnolo: «E tosto ariamo. Arare
tre volte è bene, quattro volte è meglio».
E dice qui l'Arregidora, e passa:
«Ben ci faranno ceci fava ervilia!»
E passa, ch'ella ha da far cena, e il giorno
è già sul calo. Ma vie più lontano
vien dalle stoppie il canto delle schiave:

Al cavaleri ansava forte 'l pecto.
«In quil castello u albergare aspecto,
dimme s'eo posso ritrovare un lecto».
      «Di plume, eo l'ebbi, in quil castello,

col Sire meo sì blondo e bello!»
«Tristo a cui te fidai nel meo passare!
Dolze mea sposa, eo torno a te dal mare».
E se levava l'elmo e lo collare;
e per le spalle a mo' de l'onde
scorrèn le longhe ciocche blonde...

II.
SAN GIOVANNI

Col manipello delle spighe in capo
torna la schiava. Tra i capelli neri
ha paglie e reste e foglie di rosette
che paion ali rosse di farfalle.
«Va', Flor d'uliva, va' con le mie figlie,
monta sul pero, monta sul ciriegio.
Domani viene San Zuanne e vuole
le prime pere e l'ultime ciriegie.
Le porterete in piazza di Bologna
coperte con le pampane di vite».
«Va', Flor d'uliva, va' con le mie nuore,
cava nell'orto l'aglio e le cipolle.
Per San Zuanne chi non compra l'aglio,
per tutto l'anno non arà guadagno.
Prendi la maggiorana e petroselli,
la camomilla e spighe di lavanda».
«Va', Flor d'uliva, va' con la cognata
per medesine e benedizioni:
foglie di nose e flori di pilatro,
vesiche d'olmo e fiori di sambuco.
Nell'acquastrino prendi le ramelle
del salcio d'acqua detto l'agnocasto».
Va Flor d'uliva, torna va ritorna,
ma lieta in cuore, che vedrà domani,
vedrà Bologna e le sue grandi torri;
e canta... *E per le spalle a mo' de l'onde*
scorrèn le longhe ciocche blonde...

Domani è il Santo delle innamorate.
Siedono su le panche le pulzelle.
Son li amadori a' loro piè col mento
sopra le mani, e i gomiti sull'aia.
Gli occhi guardano, palpitano i cuori:
palpitano le lucciole nel buio.
Parlano e dànno in lievi risa acute;
fanno le rane prova di cantare.
Ma Flor d'uliva siede in terra e intreccia

le lunghe reste; ch'ella non ha drudo.
Le code intreccia, e mette, ad ogni volta
data alle code, un capo d'aglio nuovo;
ma gode in cuore, ché vedrà le torri,
che in una torre c'è una caiba, e, dentro,
re Falconello, le catene d'oro,
i ceppi d'oro, anche i cavelli d'oro.
I lunghi pioppi scotono le vette:
son li aierini che vi fan la danza.
I barbagianni soffiano dai buchi:
son le versiere che ansimano andando.
La guazza cade: è ora di partire.
Partono i drudi, per non far incontri.
Cade la guazza, che fa bene e male.
Rincasan ora le pulzelle; ancora
la schiava è là, sola con li aierini
che si dondolano... *Oi bel lusignolo!*
      canticchia: *torna nel meo broilo!*...

Non vanno a giro omai che le versiere;
vanno alle case dove è un lor fantino;
il lor fantino nato da sette anni
in questa notte, ch'era San Giovanni.
Chiamano all'uscio. Stesi sulle siepi
son fascie e teli, a prendere la guazza;
e li aierini passano soffiando
sui bianchi teli, sulle bianche fascie,
tremanti al soffio. Qua e là nell'aie
muoiono i fuochi crepitando appena.
È mezzanotte, l'ora che al sereno
prende virtù l'erba, la foglia, il fiore,
e l'olio chiuso nelle borse d'olmo,
e il ramo puro, il ramo d'agnocasto.
Ora il tesoro ch'è sotterra, sboccia,
fiorisce un tratto, e subito si spegne.
Ora si trova l'erba che riluce,
che fa vedere ciò che fu sepolto.
Ora si vede al lume di tre lumi
chi è lo sposo a cui dormire accanto.
Ora nei trebbi, incerte del cammino,
sostano un poco insieme le versiere.
A li aierini chiedono la strada,
e li aierini ridono. Ma ecco,
di qua di là, lente tra il sonno e piane,
      ton, ton , suonano le campane.

III.
IL SOLE

Avanti il dì si leva dal giaciglio:
non ha battuto ancora l'ali il gallo,
ancora canta l'assiuolo intorno,
la rondinella è nel suo nido ancora.
Esce la schiava e tira l'acqua al pozzo,
nel lebe colmo ella s'inonda il viso,
scioglie i capelli sotto la rugiada,
v'intreccia i fiori nati tra le spighe.
E poi raccatta i fasci di lavanda,
le reste d'aglio, l'erbe, i fior, le foglie,
le medesine e benedizioni
zuppe di guazza e di virtù notturna.
Larga la guazza piove dalle stelle,
le stelle impallidiscono. Non canta
più l'assiuolo. Va la schiava e cerca
nei greppi un fiore ch'ha ramoso il gambo,
larghe le foglie e morbide di pelo,
grande. Una spiga porta che s'appunta
come la fiamma, e tanti fiori ha forse
la lunga spiga, quanti giorni ha l'anno;
aperti i primi, chiusi i più lontani.
Strappa da terra Flor d'uliva il grande
tasso barbasso, e va con quello, e prende
via per un infinito colonnato
d'aerei pioppi, volto ad oriente.
Odora la viorna e la vitalba.

      E s'incammina incontro all'alba.

Batte tre volte l'ali un gallo, e canta:
cantano tutti, nelle case, i galli.
E li aierini, del color dell'aria,
frullano via, dando una scossa ai pioppi.
Lasciano un po' di rugumare, a lungo
mugliano i bovi, poi che il cielo imbianca.
La schiava inalza il verde cero, ch'arde,
inalza e scuote il gran tasso barbasso;
e le fogline de' suoi fiori aperti
piovono giù come faville gialle.

*   O Sole! O Sole! Ricomincia il giro!
Temevi forse qualche tuo nimico?
Libere omai sono le vie del cielo.
Sta' su nel cielo un poco meno, e posa
un poco più; ma non sostar: cammina!
Seccaci, a tempo, nelle spighe il grano,
mettici, a tempo, dentro l'uve il vino.

O indugïasti per un sandaletto
d'oro, che in prima pàrveti una stella?
Il poco indugio sia con nostra pace;
ma ora muovi! Anche noi s'ama, o Sole! –
Ed ecco il cielo si converte in rose,
in rose e oro; i pioppi ardono in vetta;
a Flor d'uliva, come gemme, in capo
brillano mille gocciole di guazza.
Si leva il sole. E li uccellini in cova
     tre volte girano sull'ova.

Allegra poi con la canestra in capo
va Flor d'uliva, e due panieri al braccio.
Vanno con lei le serve del contado.
Cantano lungo Savena la verde,
cantano 'l lai de Santa Filumena.

In t'una grotta in ripa de la Zena
c'è un vieni e va, ma che si sente appena...
     gra pa ri gra pa ri tra...
là c'è una donna che tesse, che tesse...
     una spola che va, che va...

Lunga è la strada ed è già alto il sole;
sì, ma le schiave l'amano, la strada,
l'amano, il sole, e vanno via cantando:

Un drago aspetta, guata che si spicci,
lo giorno sta cun li ocli fissi ai licci...
     gra pa ri gra pa ri tra...
Finito ch'abbia quello ch'ella tesse,
     dopo, il drago la mangerà.

Bella è Bologna, ma così lontana!
Cantano già su li olmi le cicale.

Guata che guata, li ocli a sera ei vela.
E' dorme, et ella stesse la so tela...
     gra pa ri gra pa ri tra...
Lo giorno fa, la notte sfa, ché tesse
     la tela dell'eternità

     Ed apparisce la città.

IV.
IL RE MORTO

Nella città con la canestra in capo
va sotto i neri portici e le torri

dal sole accese, appiedi dei palagi
cinti di merli, ingombri di baltresche,
in mezzo al rombo di campane a festa.
In una piazza ella riposa un poco,
depone un poco la canestra, e guarda.
In alto guarda, e si ravvia sul capo
            i ricci pésti dal corollo.

Dalla finestra uno la chiama: «Ehi! tosa!»
S'avvia la tosa con le dolci frutta
e con li odori, e sulla porta un vecchio
vestito a festa: «Va pur su» le dice:
«è misèr Piero, Pier de li Asinelli».
Dice Zuam Toso; ed ella ascende, ed entra
in una sala piena di signori,
seduti, in piedi; e ode basse voci
            gridare, *Azar!* a tavoliere.

Sur una panca giace un cavaliere,
con gli occhi chiusi, bianco il viso, bionde
ciocche scorrenti tutto intorno a onde.
«Re Falconello?» ella domanda; e Piero,
scegliendo fiori e frutta: «Falconello,
coi geti al piede!» Dorme il re: d'un tratto
sente un odore di verziere e d'orto,
e vede fiori frutta alberi strade,
            e vede campi e fiumi, e il sole!

Sorride un poco, apre le nari, e dorme.
E Flor d'uliva scende più leggiera
e più pensosa. Pensa al Falconello
coi geti al piede, così bello e blondo.
Ritorna, e canta nel ritorno, e in cielo
soffiano i lampi e qualche tuon bombisce.
E dice alcuno che il maltempo esplora:
«Par di sentire l'allodetta santa,
            che in cielo, tra due tuoni, canta».

Lunga è la via, non è la via dell'orto!
            Deh! la gran pieta del Re Morto!
            Elli era bello, or è più bello.
            Zase scoperto in t'un lavello;
            una fontana i geme appresso.
            E sul lavello un arcipresso
            tene una secchia appesa ai rami,
            che dice: Vuoi ch'e' viva e t'ami?
            empi me di lagrime amare.

Cascano già gocciole rare e grosse.
            Chi ha tante lagrime amare?

Ed ecco un dì vene una sclava,
e vede il Re morto che amava,
né il Re lo seppe a la so vita.
Prende la secchia intarmolita,
e se la pone tra i ginocli:
tre dì vi mesce giò da li ocli,
l'ha quasi empita del so planto.

Rimbalza su la polvere che odora.
Si specchia allora nel so planto:
si vede sozza, scarna, trista.
«Deh! como sosterrà mia vista?
Eo vuo' lavarmi alla fontana».
Vi va, chè la non è lontana;
si lava: anche i cavelli scioglie;
si mira; anche due flori coglie;
fiori di menta e di ginestra.

La pioggia scroscia sulle larghe foglie.
Flori di timo e di ginestra,
flori per una ghirlandetta;
poi torna al so gran planto, in fretta,
che forse non ne manca un dito...
La secchia è colma, il Re sparito!
Un'altra sul suo pianto ha pianto;
ha tratto il morto Re d'incanto,
con quattro lagrimette stente.
Con quattro lagrimette stente
s'è tolta 'l blondo Re ch'ell'ama,
ed ella, oisé dolente e grama!
le ha plante, per l'amor suo, tutte.
Non plange più, le ha plante tutte
dal core per l'amor so bello:
rimane lì presso 'l lavello,
con le so lagrime rimane; ...
le so lagrime vane.

V.
IL CONSIGLIO DEL POPOLO

Lente il domani sulla città rossa

suonano le campane del Comune.
Suona la grande, suona la minore:
chiamano ognuna il suo Consiglio a' brievi.
Dice la gente: «Forse re Manfredi,
fatto suo stuolo, è per guastar la terra?»

Chiama i Consigli con le due campane
il Podestà Manfredi da Marengo.
Vanno i Seicento, vanno i Cinquecento
a quelle voci, e vanno l'Arti e l'Armi,
coi lor massari, e salgono le scale
de' Primiceri con brusìo velato.
Entrar li vede il Popolo, mentr'esce
di casa o chiesa; che non sa, ma fida.
Li vede entrare, e vede Bonacursio
        che ferreo sta sul limitare.

E nella sala grande del palagio
sono i potenti Consoli ne' loro
panni rosati, con la lor famiglia
di zendal bianco divisata e rosso.
Gli adiutatori siedono e i notari
e il cancelliere, e dritti, con le mani
nelle capaci maniche, due frati,
un bianco, un bigio, un con la croce rossa
cucita al petto, un con la corda ai lombi.
Il Podestà siede nel mezzo: aspetta.
Ecco i Seicento ed ecco i Cinquecento
e' ministrali. Con brusìo sommesso
siedono attorno. I due trombetti un segno
dànno di tromba, e il naccarino picchia
le gracidanti nacchere, e i due frati
        intonano il grand'inno sacro.

Si queta l'inno, come a larghe ruote
scesa dal cielo un'aquila rombando.
Fatto silenzio, alto e soave parla
il Podestà: «Magnifici e potenti
Consoli, a cui serrare e disserrare
si dà: per vostra volontà qui feci,
giusta il costume, al suon delle campane
e con la voce dei bandizzatori,
questi assemblar del Popolo e Comune
minor Consiglio di Credenza e il Grande.
E qui, di vostra volontà, dimando,
a li uni e a li altri, che mi dian consiglio.
Buona è la massa cui ripose alcuno,
di puro grano, per il pan del giorno,
ma in essa è un tristo lévito. Bologna
        ha *bona omnia* ... fuor ch'una».

Odono attenti le parole austere.
Ma ora avvien, come d'un lieve soffio
ch'urta la foglia, scuote il ramo, fruga
l'albero, tutto agita il bosco, e passa.
Fatto silenzio, alto e soave parla

il Podestà: «Vi sono uomini astretti
al suolo altrui, come le quercie e li olmi;
sì che né a essi né a' lor figli è dato
lasciar quel suolo, se il signor non voglia.
Uomini schiavi ha questa dolce terra
di libertà, manenti ed ascriptizi
et arimanni, gente di masnada.
Li può bollare nella faccia il donno,
legar li può sul cavalletto al sole,
onti di miele, e tôrre lor la vita,
        oh! senza libertà non cara...»

Più forte vento urta le foglie, squassa
li alberi, tutto agita il bosco, e passa.
Fatto silenzio, alto e soave parla
il Podestà: «Dunque in onor del Cristo,
e della Madre, ed in onore e prode
della Città del Popolo e Comune,
piacciavi: quei che vivono e vivranno,
dentro le mura e fuori delle mura,
e ora e sempre, liberi sien tutti,
e sia la loro libertà difesa
dalla Città dal Popolo e Comune.
E niuno, laico o clerico, più osi
muover quistione ad affermar che alcuno
sia servo o serva della sua masnada.
E niuno più porti sul collo il giogo,
        o lieve o grave, o legno o ferro».

VI.
IL PARADISO

E sorge il savio Rolandino, e parla:
«Dio, l'uomo all'uomo toglie a forza il dono
che come padre che partisce il pane
tra i figli, giusto hai tu tra noi diviso:
la libertà. Ché, come volse i passi
altrove il padre, ecco il fratello grande
strappa il suo pane al piccolo fratello.
Ma tu, Dio, vedi, e vieni, e togli, e rendi.
Nel suo giardino, nel suo monte santo,
Dio pose l'Uomo. Con l'eterne mani
vi avea dal cielo trapiantato i rami
de li odoriferi alberi, e gettato
i semi colti nelle stelle d'oro.
E v'era in mezzo una fontana viva
che l'irrigava, donde escono i fiumi
        Gehon Phison Euphrate e Tigris.

Dio pose l'Uomo, libero, nel santo
suo Paradiso. — Opera — disse — e godi —;
non disse: — Opera e piangi, opera e impreca. –
Aveva allora, il placido ortolano
di Dio, soavi pomi per suo cibo,
per sua bevanda acqua più dolce a bere,
d'ogni dolcezza; e facile il lavoro
come il trastullo; e lo seguian li uccelli
con l'alie rosse, all'ombra delle foglie
tremule, lungo il mormorìo d'un rivo.
Tutto era luce, tutto odore e canto.
Ferìa la fronte ove sudor non era,
un'aura uguale; e pur movendo, l'Uomo,
su questa terra, era sì presso al cielo,
che udiva il caro suono delle sfere,
          che si volgeano eternamente.

Ei fu cacciato, e fuori errò meschino
e doloroso. E Seth il buono, un giorno,
venne al Cherub che a guardia era dell'orto
di Dio, dov'ora non vivean che uccelli.
Moriva l'Uomo; e l'Angiolo al buon figlio
un grano diede, ch'e' ponesse al morto
sotto la lingua; ed era della pianta
di cui suo padre avea mangiato il pomo;
e Seth sì fece, e seppellì suo padre,
col grano in bocca: e di quel seme un grande
albero sorse; e dopo mille e mille
anni seccò. Gli diedero la scure
alle radici, e il tronco giacque.
Un giorno vennero i fabri, e recidean due legni
dal tronco, e insieme li giungean nel mezzo,
          tra loro opposti. E fu la Croce.

L'albero, ch'era in mezzo al Paradiso,
sorse d'allora in mezzo della terra.
Fu tutto il mondo l'orto di Dio chiuso.
I quattro fiumi lo partian; ma ora
moveano rossi sotto il cielo azzurro.
Uomo, lavora e canta! Or ti sovvenga
dei canti uditi nella grande aurora
dell'universo. È tuo fratello il sole.
La terra, tu la solchi, ella t'abbraccia,
ché voi vi amate. Abbi il sudor sul volto,
ma come la rugiada sopra il fiore.
Sia l'arte buona presso te. Lavora
libero. Tutto ora vedrai ch'è buono
ciò che tu fai, come vedea, creando,
Dio. Cogli i fiori e fattene ghirlanda,
          o uomo, all'ombra della Croce!

O Croce rossa, rossa come il sangue
sparso da Dio, Croce per cui vincemmo,
cauta nel monastero di Pontida,
alto schioccante sul Carroccio ai venti,
o Croce tratta da' placidi bovi
tra spade e lancie, tra le grida e il sangue;
o Croce nostra, noi di te siam degni.
Questo Comune, ch'ha interrotto il vento
imperiale, ch'ha spezzato l'arco
di Federigo, ch'ha gittato il rugghio
solo tra i tanti, ch'ha recinto al fianco,
non targa e scudo, ma cultello e spada,
il suo diritto, ora, di tutti il primo,
adempia il verbo, e dica a tutti il vero:
che il Redentore ancor non è là, dove
      ancor non è la libertà!»

VII.

LA LIBERTÀ

Libertà! Su, sbalzano l'Arti e l'Armi,
stanno i Seicento, stanno i Cinquecento,
tendono, stanti, i Consoli le braccia
verso il Consiglio. Alzano tutti il grido,
Libertà!, grido delle lor battaglie.
Vedono in cuore le assolate strade,
biechi torrazzi, torvi battifolli.
Ecco il lontano canto delle trombe,
ecco il tuon delle torme de' cavalli,
scroscio di lancie, sibili di freccie,
ferro su ferro, spade contro spade,
il martellar d'una fucina immensa,
e il rugginoso anelito, e il singhiozzo
del sangue, e il chiaro alto latino squillo,
Libertà! sempre, Libertà! tra il rauco
      latrar di teutoni e schiavoni.

Libertà! L'hanno essi difesa in campo
più che la vita, come la lor fede;
meglio che il dritto, come il lor dovere;
nel suo quel d'altri; libertà per tutti.
Ché né è d'uno, se non è di tutti.
Stante il Consiglio del Comune augusto
tende le braccia, come al giuramento,
tende le mani, come con le spade.
Oh! bel Comune, condurrai tu primo
quei che già venne e non si vede ancora.

Da tanto aspetta fuori delle porte,
e vuole entrare e vuol mangiar la Pasqua.
Egli è vicino, e mansueto aspetta,
seduto presso l'asina legata,
in ermo luogo, e il suo polledro a volte
        lo guarda, e torna a brucar l'erba.

Andrem per Lui coi bovi bianchi e rossi
e col Carroccio, e cingeremo in armi
popolo santo l'ara nostra e l'arca.
Sarà la croce in alto sull'antenna,
saranno ai mozzi le lucenti spade.
Ci fermeremo tra il pulverulento
scalpitamento de' cavalli ansanti,
mentre i placidi bovi muggiranno.
Egli, il Dio vero, l'Uomo Dio, soave,
ci dirà pace, ci dirà: Son io.

*   Vieni con noi, vieni a mangiar la Pasqua,
siediti a mensa, ché l'agnello è pronto.
Non ha tra noi maggiore né minore.
Tu non volevi né mangiar l'agnello
né bere il vino, prima che il tuo regno
        venisse in terra: ecco, è venuto. —

Libertà! Noi lo condurremo, il Cristo,
al suono vago della Martinella.
Lo condurremo nelle aperte piazze,
dove è pur lunga l'ombra delle torri,
al monte, al piano, sotto le castella
covi di falchi, presso i monasteri
ricchi di grasce; nelle chiese il Cristo
noi condurremo. Cedano i serragli!
Le porte aprite! Alzate i ponti! Ei viene.
Niuno ritenga ciò che fu ricompro:
è qui Colui che n'ha disborso il prezzo:
Dio! Viene al suono della Martinella,
al nostro grido, sul Carroccio nostro.
Fatevi incontro, a lui gettate i rami
d'uliva, a lui stendete le schiavine
        per terra, a lui gridate, Hosanna!

Libertà! Posa il grido qual del rombo
d'un branco in cielo un cinguettìo rimane
minuto in terra. Sono tutti gli occhi
pieni d'una lontana visione.
È il Paradiso. Non vi son manenti
od arimanni. Ogni uomo è uomo.
Ogni uomo ha la sua donna, i figli suoi, la casa
sua. Sbalza lieto dai tuguri il fumo.
S'ode una voce ch'è nel cuore, e sembra

quella di Dio, quale s'udiva allora:

*   Fa ciò che vuoi: non puoi voler che il bene! –
Fuori è il serpente e sibila notturno.
Fuori è il nemico, e vien alto come onda
che muore al lido. Avanti il Paradiso
resta il Cherub che v'era già: vi resta
a guardia della Libertà.

VIII.
LA BUONA NOVELLA

Va tra le torri, suona nelle piazze,
passa tra i pioppi, sale tra i castagni,
vola tra i faggi la novella buona.
La notte cade, s'avvicina il giorno.
A lui che viene, andate, o genti, incontro.
Vien col Comune e Popolo. Egli spese
il sangue già per ricomprare i servi;
tutto il suo sangue: ora, dimesso, aggiunge
          i trenta sicli, suo valsente.

I trenta sicli, suo valsente in terra,
aggiunge al sangue. Si riscatti il capo
d'anni oltre sette e sette, dieci libbre
di bolognini; otto il minore: è giusto.
Prendete il prezzo delle mandre umane,
dei greggi, ahimè! che parlano. S'avanza
coi sicli in mano e col costato aperto
il Redentore... Il popolo gli è intorno
          con gli spontoni e coi ronconi.

Soffia nel corno, o guaita della torre;
desta il palagio irto di merli, aduna
nella tubata i servi con le ancelle.
In vano il prete vi spruzzò sul capo
l'acqua lustrale e vi soffiò negli occhi
e v'unse d'olio. Voi non rinasceste.
Ora il Comune e Popolo vi scioglie,
v'alita il nuovo spirito, vi tuffa
          nel fiume purificatore.

Tu che nel battifredo del convento
suoni compieta, onde s'attrista il cuore
del peregrino, ché quel suon lontano
ciò gli ricorda ch'è vie più lontano:
a festa suona, per Gesù risorto.
Monaci salmeggianti, Egli è risorto,

e viene a tôrre i figli suoi, che i campi
v'arano e l'orto zappano e la legna
        gemendo tagliano nel bosco.

Voi che nei torracchioni del castello
vegliate in armi tra il guattir dei falchi,
biondi arimanni, servi di masnada:
in libertà, mastini alla catena
del valvassore! Siate falchi: è meglio.
Via, biondi falchi, dal castello al bosco!
E della vostra fiera gioia empite
        la solitudine dell'aria.

Fuochi di gioia, ardete sulle cime!
Dov'ora sola la Limentra scroscia
e muglia il Reno, e il vento urta nei faggi
simile a un folle, fumeranno grigi,
in mezzo all'albeggiare della neve,
nuovi tuguri. E v'arderà perenne
sul focolare il figlio di due selci
battute sopra un'ara dalle grandi
        silenti vergini di Roma.

Fuochi di gioia, ardete in mezzo all'aie
delle pianure! Ché non più, seguendo,
la stiva in mano, i due gementi bovi,
l'uomo dirà: — L'aratro, i bovi e l'uomo,
son tutti cosa che si compra e vende. –
La sfogliatrice non dirà sfogliando:

*   Di qui né io né l'olmo può partire:
olmo, bell'olmo, noi ci somigliamo.
        Io canto, anche tu canti, al vento. —

O sfogliatrice che canti sull'olmo,
come un uccello, quando cade il sole,
scendi; tu puoi partire, anche restare:
all'osilino alcuno avrì l'usolo.
Il drago è morto, o Santa Filumena;
più non ti mangia al fine della tela.
Non planzer più: torna 'l to Sire: canta!
Specchiati nelle lacrime ch'hai sparse,
        e va', ti lava alla fontana.

Va Flor d'uliva in Savena la verde:
in un boschetto si mette ad andare.
Scioglie i capelli, lascia giù le vesti,
scende nel rio, tutta si spruzza d'acqua.
E l'oseletto udì cantare un poco,
piano e segreto, che nessun l'udisse.
Ma ella intese ch'era 'l lusignolo

di caiba uscito e ritornato al broilo,
        all'acqua, al verde, all'ombra,
        al sole, al sole et all'amore.

IX.
LUSIGNOLO E FALCONELLO

Or ella va con la canestra in capo,
lungo la verde Savena, ai serragli,
alle aspre porte, alla città turrita,
recando l'uva paradisa, d'oro.
Ora non canta: canta sì la verla;
fischiano sì le pispole di passo;
anco le rondini: elle vanno in branco
dolce garrendo a ripulirsi al fiume.
Vede ella i meli rosseggiar di pomi,
vede curvare i peri a terra i rami;
l'api bombire, ode ronzar le vespe
e i calabroni in mezzo al dolce fico.
Ella non canta, ma le canta il cuore,
che c'era un re ch'era di giorno un uomo,
ma diventava capougello a sera;
volava allora ai boschi ai campi ai fiumi.
E Flor d'uliva lo sapea, ché sempre,
sull'imbrunire, qua e là, sentiva
parlar più forte, tutti insieme, a gara,
perché piatìano innanzi al re, gli uccelli.
In cuore ha il re, ch'ora ha rimesso l'alie,
per certo, e vola al regno suo lontano,
al suo castello in mezzo al mare azzurro,
il falconello, e il cielo empie di gioia.
O forse è là, tra i suoi cavelli d'oro,
in mezzo ai conti, ch'hanno il pugno al mento,
        che dorme per incantamento...

E Flor d'uliva giunge al limitare,
all'alte scale del Palagio nuovo;
e qui Zuam Toso la sogguarda e dice:
«Già t'ho, ricordo, a Santo Zuam, veduta».
«Eo son Lucia, ma detta Flor d'uliva,
da Vidaliagla» ella risponde: «sclava
non più, misèr, sì libera...» «Va, dunque.
Scritto è 'l to nome già nel Paradiso».
Ella non sa: monta le scale, ed entra,
da niuno vista, dove alle pareti
stanno addossati i muti cavalieri.
Stante, in un raggio è fiso il Re, di sole.
E Flor d'uliva presso a lui depone

la sua canestra, e scopre dalle arsite
pampane i cerei grappoli dell'uva,
tacitamente. Ed ha il corollo in capo.
Il Re si volge a lei che aspetta e tace,
con sui morati riccioli le rosse
pampane; l'uva al piè si vede; e guarda
lei. Gli occhi neri scontrano gli azzurri.
«Deh! forosella, eo già te vidi 'n sogno,
ch'ero addormito, e tu portasti fiori
et erbe e frutta. Et eo sognavo un campo
grande, di grano. E da le folte spighe
spuntavi, come un flore, tu; vestita
non più che un fiore. E c'era il sole e il vento,
      e l'ire o stare a suo talento».

Re Enzio prende un grappolo dorato,
e dolcemente gli acini ne spicca,
zuppi di sole. E poi riguarda e dice:
«Apersi gli ocli ma tu plu non c'eri.
Seppi, qual eri. Io prigionier, tu sclava».
E Flor d'uliva: «Ora non plu! Riebbi
la libertà... Non anco vui, meo Sire?»
Ed Enzio dice: «Eo m'era il Falconello
d'un tempo: aveva il vento tra i cavelli
e il sole entorno. Apersi li ocli un tratto:
non c'eri plu...» «Ma sono a vui tornata».
Ed Enzio dice: «Or viemmi dietro e taci».
E s'incammina ver' la sua cellata:
dietro ai suoi passi muove Flor d'uliva:
segue il Re morto, uscito dal lavello,
pallido, sì, che v'era da sette anni,
et or la schiava va con lui che l'ama.
L'ha tanto amato, e notte e giorno ha pianto;
tre notti e giorni sotto l'arcipresso,
mescendo a gara, più della fontana.
Or è con lui nel grande suo palagio.
Nullo divieto i giovani custodi
fanno, per la dolcezza del lor sangue.
Dicono: «E noi sediamo a tavoliere».
«Ben ha ghermito» dice Bonfiliolo
      «il falconello il lusignolo».

X.

LA NOTTE

E dalla torre suona la campana.
Il Podestà comanda di serrare.
Rimbomba ogni uscio del Palagio nuovo:

sull'imbrunire chiavi e chiavistelli
vanno con agro cigolìo di ferro.
Sèrrisi bene il falco randione,
il pro' bastardo della grande Aguglia.
Fece il Comune sacramento e legge
ch'egli non esca quinci mai, che morto.
Oh! non vedrà né Puglia né Toscana!
Addio Lamagna e Capitana!

Ogni uscio è chiuso del Palagio nuovo;
chiusa è la porta ed è levato il ponte.
Vegliano ad occhi aperti nella notte,
come civette, guaite per le scale.
Vegliate, o guaite, intorno al re prigione.
Egli era al lato dell'imperadore,
era lo specchio della sua persona.
Egli correva mare e terra in armi.
Del sacro impero era la fiamma al vento.
Ora è prigione, e non farà più stuolo
          e non menerà più gualdana!

Dorme il Palagio tutto chiuso e muto.
Soltanto, sparse qua e là, le guaite
anche la bocca aprono d'ora in ora,
d'alto e di basso, e gridano: *Eya! Eya!*
Disse il Comune: «Lo tenemo, come
da piccol can spesso si ten zinglare,
e lo terremo, poi ch'è dritto nostro».
E non lo rese a padre od a fratelli,
per preghi e gabbi, né per oro od armi.
Vegliate, o guaite, *Eya* gridate in fino
          che in cielo sia la stella diana.

Eya! c'è tempo a che ci sia la stella
che sveglia i cuori. Ora si spegne il foco
e la lucerna; ora si dorme il sonno
primo, più forte, il sonno senza sogno.
Eya! c'è tempo a starnazzare i galli,
a cantar chiusi ed a chiamare i sogni:
ché dopo i galli è gran silenzio: ogni uomo
parla sommesso ad un suo morto caro.
Eya! c'è tempo allo schiarir dell'alba...
Ma voi gridate, o guaite, a vuoto! Oh guaite,
          codesta vostra veglia è vana!

E' non v'è più! Fuggito è il re! Si trova
oltre le mura, oltre i serragli e il Reno.
È già più lungi anche del suo reame,
è già più lungi anche del sacro impero.
Non più prigione e non più re, si trova

nel luogo all'oriente della terra,
dove uscì prima l'erba che fa il seme,
dove uscì prima l'arbore ch'ha il frutto.
Non è più re, né manto egli ha, che falbo;
non ha che il musco d'oro, onde si veste
        da sé la calda creta umana.

Non è più re, ma d'una schiava, in dono,
la libertà che a lei fu resa, egli ebbe.
La dolce schiava gli ha portato il sole
di ch'ella è piena, che ne' campi imbevve.
Egli alla nuda libertà s'è stretto,
bee l'aria pura di tra le sue labbra,
tra le sue braccia prieme l'erba folta,
da tutta aspira il grande odor del sole.
All'ombra egli è del legno della vita,
e presso il cuore sente mormorare
        l'inestinguibile fontana.

E dorme alfine, dorme l'Uomo avvinto
alla dolce Eva. Quella che fu schiava,
quei che fu re tengono il capo accanto,
e l'onde brune solcano le bionde.
No, non e' dorme: s'è addormito il mondo
intorno a loro. Ei solo è desto, e vede
l'acque dormire, lieve ansare i venti,
chiudere il cielo gravi le sue stelle,
sparir la terra. Liberi e sereni
sentono il tutto che s'annulla preso
        dalla dolcezza antelucana.

Eya! gridate, *Eya!* gridate a vuoto
l'ultima volta, o guaite del palagio.
        Ed ecco suona la campana.

XI.
L'ALBA

«Dormendo or ora ho udito la campana
che da sette anni io so tra l'altre squille.
Ella m'ha detto tristamente e plana:

*   Comincia un dì come già mille e mille –
    Amore, a Deo! Ven l'alba».

«Non anco in cielo s'è sentito il canto
dell'allodetta che destando il broilo
pleno d'oselli, al lusignolo accanto
passa e gli dice: — Dormi, o lusignolo:
        non cantar più, ch'è l'alba». —

42

«Qui non è broilo e foglia d'albaspina.
Qui non se sente risbaldire oselli.
Ben sì la gaita canta la maitina,
svernano entorno clavi e clavistelli.
          Pàrtite, amore, a Deo!»

«Partir, se resti, come porò mai?
Eo plu non amo quel che tanto amava.
Eo plu non vollio quel che tu non hai,
ch'eri tu re et eo taupina sclava.
          Or me basa, oclo meo».

«Va' ne, mea bella, e non far più lamento,
ch'eo vegno teco, teco vegno fuori.
Questo si fa per dolze incantamento.
Ti fie palese, quando arai du cuori...
          e doglie altanto e pene!»

«Non duole al flore aver un dì donate
le follioline de la sua corona.
Non duole: el flore allega per la state.
Non duole: ad altri è caro ciò ch'e' dona,
          et a lui ciò ch'e' tiene».

«Pàrtite, amore, poi che vezo 'l sole
rimpetto là sui merli della torre.
E l'ombra là vezo di corvi e grole,
e 'l passo qua sento de l'hom che tôrre
          mi ti devrà per sempre!»

«Amore, a Deo! Quanto mi fu già caro
lo sole, tanto or mi sarà molesto.
Eo plu non vollio 'l dì lusente e claro;
con te, meo Sire, in questa notte eo resto,
          dove tu sei, per sempre».

«Flore, o d'uliva o mandorlo che sia,
flore ch'hai già l'anima bianca e molle,
me plu non tene quei che m'ha 'n bailia,
eo sarò teco tra le fresche zolle,
          al sole et all'amore!»

«Eo vado al sole, all'acqua, al gelo, al vento.
Prima eo cantava tutte le mie sere.
Ora, tra i solchi, in vetta gli olmi, eo sento
che forse te farò così dolere,
          e ben n'arò dolore!»

«Me' là con te, che 'n Roma imperadore!

El Paradiso......

LA CANZONE DELL'OLIFANTE.

I.
LA VEDETTA

Fu il venerdì, ch'era dolore e sangue
e la battaglia al Prato delle rose.
Bello era il tempo e tralucente il giorno.
Enzio era volto a dove nasce il sole.
Di là! l'altr'anno, sorgere una stella
soleva, lunga, che parea selvaggia
del cupo cielo, e lo fendeva in fuga,
lasciando il segno come una ferita.
Tutte le notti dall'agosto al verno
sorgea, come una fiaccola di guerra
sur una torre, e sotto quella luce
nere apparian le torri di Bologna,
immobili, erte, le dugento scolte
        vegliantí intorno al re prigione.

Fu il venerdì della battaglia al Ponte
di Benevento. Enzio guardava al sole,
il re vedeva l'Asinella acuta,
la rossa torre sulla via di Roma.
Per là nel verno il conte di Monforte,
coi maliscalchi e cavalier di Francia,
avea stradato. Allor già verno,
è ora fin di ferraio; ora in Campagna e Puglia
che avvien di voi, leoni di Soave?
Ora in Palagio i sedici custodi
sparsi per l'aula seguono con gli occhi
il re pensoso. Egli ode nella strada
la cantilena lunga di un giullare
        e un aspro suono di vivuola:

Sale Ulivieri e guarda a giù dal monte,
guarda la valle piena di grandi ombre.
Rumor di contro viene dalle forre,
rumor di zampe sopra secche fronde.
Muli e cavalli fiutano altre torme
lì dirimpetto, e rignano all'odore.
Schiarisce il giorno, son le nubi rosse.
Suonano i corni, squillano le trombe.

    AOI

Guarda Ulivieri, guarda nella valle.
Quanti elmi al sole, quante spade e lancie!
Gli osberghi d'oricalco hanno le frangie:
bandiere al vento, rosse azzurre e bianche.
I gonfaloni pendono dalle aste;
punte su razzano come fiamme.
Son tante schiere, ch'e' non può dir quante.
Giammai non vide sforzo così grande.
    AOI

Scende Ulivieri, e conta ai Franchi tutto.
«Più grande sforzo mai non fu veduto.
Son mille e mille, e hanno osbergo e scudo;
hanno allacciato al capo l'elmo bruno;
dritte le lancie, i verrettoni in pugno.
In campo state e Dio vi dia virtù!»
Dicono i Franchi: «Abbia chi fugge, lutto.
A morir qui non mancherà nessuno».
    AOI

II.
IL CONSIGLIO

Ode re Enzio; ascolta come in sogno,
perché il suo cuore è in Capitana e Puglia.
Un de' custodi, Min de' Prendiparti,
dice: «Mal prenda a questi giuculari
ch'hanno per sue le piazze del Comune,
per ricantar le vecchie fole al volgo!
Già da gran tempo Carlomagno è morto».
E Scannabecco: «È morto sì, ma siede,
l'imperatore dalla barba bianca,
nella sua tomba, e con la destra impugna
la spada posta sopra le ginocchia».
Enzio re pensa: «O bel sire fratello!
Biondo e gentil Rollando di Soave!

Forse vedete ora apparir sui monti
non Valdabrun, ma i cavalier di Francia,
Proenza Fiandra Piccardia Brabante
          coi santi gigli e con la croce!»

Manfredi in vero scorge allor sui monti
oltre il Calore l'oste del re Carlo.
Il nato dallo imperator di Roma
ha suo consiglio. Parlano i suoi pari.
Qual è canuto, qual è tutto fulvo,
armato ognuno, ed il lor nome è Lancia.
Dice Calvagno: «Un giorno o due s'attenda:
saranno morti e presi per diffalta
di pane e biade per i lor cavalli.
A Benevento e' mal sarà venuto!»
Ma in parte è un vecchio astrologo accosciato
avanti un libro dove prende il punto,
come se avesse sopra il capo l'ombra
piena di stelle. Intorno a re Manfredi,
vestito a verde come il lor vessillo,
vegliando a guardia i bruni Saracini
          poggiati ad arcora e balestre.

Dice Ulivieri: «Bene è grande stuolo.
Di lor masnade è tutto pieno il bosco.
Son tante schiere, quante dir non posso.
Compagna abbiam noi picciola a tal uopo.
Rollando amico, date fiato al corno!
Lungi n'udrà l'imperatore il suono,
là nelle gole, e tosto sarà volto».
Rollando dice: «Sarò prima io morto!
Onore e loda perdere non voglio.
Non corno qui, ma Durendal ha luogo.
Sì, la vedrete rossa fino all'oro».
          AOI

«Rollando amico, e' sono, per un, cento.
È pieno il bosco, tutto il monte è pieno.
Sonate il corno, il corno dell'impero!
l'imperatore lungi n'udrà l'eco,
là nelle valli, e sarà volto a tempo.
Tutti hanno scudo, tutti bianco osbergo,
bene a cavalli, ad arme, e d'ogni arredo...»
Dice Rollando: «Morte sarà meglio!
Il mio legnaggio non sarà dispetto.
Qui Durendal, non corno fa mestiero.
Dar colpi voglio, non soffiare al vento».
          AOI

«Rollando amico, in bocca l'olifante!

È pieno il monte, è piena ormai la valle.
Tanti elmi al sole! Tante spade e lancie,
bandiere al vento rosse azzurre e bianche!
Giammai non vidi sforzo così grande.
N'udrà lo squillo in mezzo alle montagne
l'imperatore, e lo vedrem tornare...»
Dice Rollando: «Più morir mi piace!
Bel sire, e' ci ama per le nostre spade,
l'imperatore, e il ben ferire e il sangue.
Baroni e gente, ora ai cavalli e all'arme!»
    AOI

III.
LO STORMO

Ascolta il re: sobbalza come in sogno.

Sta l'arcivescovo alto sur un poggio.
Nero il cavallo, con la bava al morso.
Alza la mano, e chiama i Franchi a pruovo,
* e dice a tutti un suo sermon divoto:*
«Avete a fronte l'oste d'un re moro:
battaglia avrete in cui morire è buono:
chi sparge il sangue, in cielo è suo ricolto!»
Di sella i Franchi sono scesi al suolo;
a Dio mercede pregano in ginocchio.
«Per questa croce ch'Egli portò in collo,
io d'ogni colpa in nome suo vi assolvo».
    AOI

«Oh! questo» Enzio re pensa, «non avviene
nel campo tuo, biondo e gentil fratello!»
Nell'altro, in vero, il vescovo d'Alzurro
passa sopra le schiere inginocchiate,
eretto passa sul destrier suo falbo,
benedicendo con la man di ferro,
 a tutti colpa perdonando e pena...
«Quei tra le fiamme e voi tra i santi fiori!»
E frati bianchi con la croce rossa
vanno tra i cavalieri e tra i ribaldi,
dando a lor caute voci il cavo orecchio,
porgendo sulle lingue agli sfregiati
o filo d'erba o foglia d'oleastro...
    «Ti do per penitenza: Uccidi!»

I Lancia sono intorno a re Manfredi.

«La gente aspetta di messer Currado!»
dicono: ma l'astrologo dal libro
pieno di stelle, dove egli ode assorto
lieve stridire i neri vipistrelli,
alza la testa, e grave dice: «È il punto».
E il re soggiunge: «Usciamo fuori a campo!
Due re son troppi per un regno solo».
E il figlio dello imperator di Roma
fa tre battaglie delle sue masnade,
e il nome dà: Soavia cavalieri.
Vanno con la nera aquila ondeggiante.
Cupo rimbomba sotto le lor péste
      il ponte presso Benevento.

Enzio non ode rimbombare il ponte
di Benevento, non le tre battaglie
vede schierate e ferme alla Grandella.
Egli la lunga cantilena ascolta,
il re prigione, e vede Roncisvalle,
      e vede anco Rollando il prode:

Biondo e gentile, lieto viso e chiaro,
la lancia in pugno, va sul buon cavallo.
La punta al cielo, il gonfalone è bianco,
la frangia d'or gli batte sulla mano.
Dice: «Baroni, andiam soave, al passo!»
      AOI

Enzio non vede l'altro re che aringa
le tre battaglie al Prato delle rose,
e il nome dà: Mongioia cavalieri.
Egli la lunga cantilena ascolta,
il re prigione, e vede Roncisvalle,
      e vede anco Ulivieri il savio:

Dice Ulivieri: «Io non vuo' dir parola.
Lasciate il corno pendere alla soga:
* non verrà Carlo il magno a questa volta.*
Dunque, baroni, fate vostra possa,
* e cavalcate avanti voi di forza...»*
Un grido s'alza intorno a lui: Mongioia!
      AOI

IV.
LA MISCHIA

«Tempo vene chi sale e chi discende»:
dice il re delle Torri e di Gallura:

«non più Mongioia è il grido dell'impero».
E dice a lui Rollando de Marano:
«Mongioia è il monte, donde Carlomagno
udì sonare le campane a festa
di Roma santa, udille sonar sole,
sull'alba, a gloria dell'antico impero».
Enzio re siede, e reggesi la fronte
piena di rughe sulla bianca mano.
È quella mano usa alla mazza d'arme,
usa alla spada ch'elmi e bacinelli
fendeva: ora non più, da sedici anni.
Non più tutta oro la capellatura
lunga fluisce. Oh! come al fresco vento
si svincolava al modo d'una fiamma,
sulla galea, nel mar della Meloria!
Come, in cospetto dell'imperatore,
guidava i cavalieri a Cortenuova
          contro il Carroccio di Milano!

Siede re Enzio con la fronte in mano.
O Enzio amico bella gioventù!
Egli non parla, e i sedici custodi
pensano anch'essi a sedici anni addietro.
Salgono in vano fabbri e zavattieri.
Tocca non è la torta del Comune.
Suonano qua e là da' battifredi
or fioche or chiare tutte le campane.
Passa la trecca, passa il pesciaiuolo,
la merce sua cantando ognuno a prova.
Vengono, a frotte, ai portici le donne,
quando si sforna, a comperare il pane.
A quando a quando ora su questa torre
ora su quella tubano i colombi.
E s'ode ancora il canto del giullare
già rauco, e un aspro suono di vivuola.
Ma Enzio sente in cuore una battaglia
lontana. È come quando ingrossa il fiume,
quasi sognando, per una tempesta
          nelle invisibili montagne.

Maravigliosa è la battaglia, e grave.
Rotti gli osberghi, sono l'aste infrante.
Non più le trombe suonano, che rauche;
non, se non rosse, scendono le spade.
Bocconi, in faccia, l'un sull'altro giace,
quali sui sassi, quali tra l'erbe alte.
Quanti belli anni vanno via col sangue!
Quanti non rivedranno la sua madre,
né Carlomagno che non torna, e va...
          AOI

Mararavigliosa è la battaglia, e forte.
Per tutto il mondo tanto non si muore!
Scorre tra l'erbe, sgronda dalle foglie,
bulica il sangue, come quando piove.
Vanno cavalli, con le selle vuote,
nel campo, in fuga, e scalciano alla morte.
Quanto bel tempo si fermò col cuore!
Quanti non rivedranno le sue spose!
né Carlomagno che tornar non può...
      AOI

Lontan lontano, tutto il ciel si muta.
Tempesta in terra, in alto mar fortuna.
A mezzodì, come di notte, abbuia.
Cielo non v'è, se un lampo non l'alluma.
Tuona con una cupa romba lunga.
La terra trema, crollano le mura.
Dice la gente: Secol si consuma!
la gente dice, eppure non sa nulla.
Eh! buon Rollando bella gioventù!
      AOI

V.

IL CONTRASTO

Il re prigione balza in piè d'un lancio.
La chioma grigia sopra il capo ondeggia
come ondeggiava al Ponte Sant'Ambrogio
in mezzo al roseo polverìo di maggio.
Sorgono insieme i sedici custodi
quasi tendendo contro lui le branche.
Un de' più vecchi, il pro' Michel degli Orsi,
dice: «Così gli ardeano gli occhi azzurri
quand'io lo presi». Al re si volge e dice:
«Messer lo re, pensate al detto vostro:
che voi tenete saggio e canosciente,
quale si sa col tempo comportare».
Ma Enzio sente rinfrescar la pena
      che in cor gli abonda, e non sa come.

Enzio non sa; ma forse vede l'ombre
di cavalieri biondi che le spade
alzano lunghe e calano a due mani,
alla Grandella, al Prato delle rose.
Ma i lor nemici gridano: «Agli stocchi!
Date gli stocchi al ventre dei cavalli!»
Cadono i biondi e grandi cavalieri

co' destrier suoi fediti di coltella.
Caduti appena, hanno alla gola anch'essi,
i cavalieri, il ferro dei ribaldi.
Enzio non sa, ma forse l'ombra e' vede
di re Manfredi dritto sur un colle,
che mira in fuga ripassar le schiere
        sul ponte presso Benevento.

Rollando mira: vede il grande scempio.
Chiama Ulivieri, e dice questo detto:
«Bel sire amico, al nome del Dio vero,
vedete a terra tutto il fior del regno.
Ben possiam fare il duolo ed il lamento
di tai baroni, che non più vedremo.
O imperatore, qui voi foste almeno!
Come, o fratello, fargli posso un cenno?»
Dice Ulivieri: «Come far, non vedo;
* ma soffro io meglio morte che disdegno».*
        AOI

Dice Rollando: «Che non suono il corno?
Lungi n'udrebbe Carlomagno il suono;
verrebbe qui, prima che ognun sia morto».
«Io meglio soffro morte che disdoro.
Voi nol farete per il mio conforto:
onta sarebbe nel legnaggio vostro.
Di voi non sono né signor né uomo:
se voi sonate, io guardo e non approvo.
Poi, rosso il braccio avete fino al collo...»
«Ben sì» risponde il Conte «picchiai sodo».
        AOI

Dice Rollando: «Io suono l'olifante!
Al suon verrà l'imperator e al sangue».
«È d'ogni morte onta per me più grave!
Compagno, noi morremo in questa valle».
Rollando dice: «La vostra ira è grande...»
«Perché non quando vi pregai sonaste?
La virtù vostra a tutti noi fu male.
Morrete e voi: ben questo è peggior male!
Avanti sera ci dovrem lasciare...»
E l'un per l'altro ecco sospira e piange.
        AOI

VI.
L'ACCORDO

Anche Enzio re non sa perché, ma piange,
volto alla terra che riluce al sole.

Sul colle ei, forse, vede il suo fratello
il gentil re, tra i raggi dell'occaso.
Dice Anibaldo: «Fuggi in Puglia, e passa
il mare, e trova il Despoto d'Epiro».
Il suo cavallo chiede il re, da guerra.
Dice Anibaldo: «Trova la tua donna;
porta i tuoi figli (Enzo ha due anni) in salvo».
Monta a cavallo e cinge, il re, la spada.
Dice Anibaldo: «Miglior tempo aspetta!
Vano è pugnar contro la rossa croce».
Il re Manfredi prende dalla mano
d'uno scudiero l'elmo, su cui posa
        la sua grande aquila d'argento.

Rimira a valle. Presi o morti i Lancia,
sgozzati a terra i biondi cavalieri,
fuggono in Puglia, fuggono in Abruzzi
gli altri baroni. Al cielo va Mongioia!
Risuona il ponte presso Benevento
sotto scianguati cavalieri in fuga.
«Mal sia di te, soldano di Lucera!»
Ma egli, il figlio dell'imperatore,
la reda dell'imperator di Roma,
è in cima al colle, sul destrier che raspa.
Egli è lassù che mira la sua rotta,
con l'elmo in mano, e l'aquila d'argento
arde e sfavilla al sole che tramonta.
E il re prigione del Comune ascolta
        la voce quale d'un profeta:

Quel che Dio mise in nome suo, vien presso;
dà degli sproni d'oro nel destriero.
«Non ira mala sia tra voi, vi prego.
Per Dio vi prego: è il nostro giorno estremo.
Sire e compagno, qui morire è certo.
Dell'olifante il suono andrà disperso.
N'udrà, sì, forse il suono, n'udrà l'eco,
ma non verrà l'imperatore a tempo».
        AOI

«Dategli fiato tuttavia, Rollando,
poi che l'udrà l'imperator lontano.
L'udrà sul capo gemere d'un tratto,
ed, a vendetta far di noi, verranno.
Discenderanno tristi da cavallo,
ci troveranno morti per il campo;
raccatteranno il nostro corpo e il capo,
sopra i somieri li porranno, in pianto».
        AOI

«Faranno il pianto con affanno e doglia,
sopra il somier ponendo una tal soma!
Ci deporranno in qualche ombrosa chiostra,
col lume acceso all'arco della soglia.
O qui su noi porranno una gran mora,
non cane o lupo mangi le nostre ossa;
non le nostre ossa bagni qui la pioggia,
non nella fossa il vento qui le muova».
      AOI

VII.
L'OLIFANTE

Ormai nessuno è più con te, Manfredi
nepote di Costanza imperatrice!
Sul biondo capo ei pone l'elmo, ei leva,
andando a morte, l'aquila di Roma.
L'aquila cade sull'arcion dinanzi.
Romano e' parla, ed *Hoc est signum Dei* ,
dice ai suoi cento. Ma però non lascia:
muove il cavallo verso la battaglia.
Cavalca, quale cavalier valente,
contro i guerrieri della rossa croce,
galoppa al Prato delle rose, sprona
      ver la sua rossa Roncisvalle.

Rollando ha messo l'olifante a bocca,
forte lo prieme, a gran virtù vi soffia.
Il sangue sprizza e dalle labbra cola.
Son alti i monti, alta la voce vola.
A trenta leghe l'eco ne rimbomba.
L'imperatore ode la voce lunga.
«Suon di battaglia!» mormora, ed ascolta:
«se non è tuono che tra i monti corra».
Raccoglie a sé le briglie, né più sprona.
Tien alto il capo, e lento, al passo, inoltra...
      AOI

«O triste voce!» pensa il re prigione.
«Che non cavalco per le bianche strade
di Lombardia con Ecellino e Buoso?»
Pensa, e il suo cuore è come onda nel mare,
nel mare intorno a Montecristo e il Giglio,
quel tre di maggio... «Or sono sì distretto!»

Rollando mette ancora le due labbra

all'olifante, e suona con ambascia.

Dal collo gonfio il chiaro sangue salta.
Son alti i monti, passa la voce alta.
A trenta leghe il suono ne rimbalza.
L'imperatore ode la voce chiara.
«Se non è tuono, se non è valanga,
è la mia gente, questa, che ha battaglia».
Ferma il cavallo, sosta in una landa.
Sul capo suo palpita l'orifiamma...
    AOI

«Che avviene là?» domanda Enzio. Nessuno
sa, là nel regno, dei due re, che avvenga.
Il giorno cade, e il sole tinge in rosa
la torre al sommo, che prigione ei prima
vide lanciarsi su nel cielo azzurro,
      venendo dal Castel d'Unzola.

Rollando prende tutta la sua lena:
nell'olifante con furor l'avventa.
La fronte crepa, scoppiano le tempia.
Sono alti i monti; ma la voce immensa.
La voce va, nell'alto ciel dilegua,
passa all'imperatore sulla testa.
Non è valanga, è altro che tempesta!
Ei fa sonare tutti i corni a guerra.
Volge il cavallo, volge a lei la schiera.
«Rollando chiama! Uomini, all'arme e in sella!»
    AOI

VIII.
IL SACRO IMPERO

E suona la campana del Comune
a tocchi tardi. Ella è sonata a soga.
Buon artigiano, cessa l'opra: è notte.
Uomo dabbene, torna a casa: è buio.
Il bevitore esca dalla taverna.
Chi giuoca a zara, lasci il tavoliere.
Uscite, o guaite, per veder se alcuno
va per la terra senza lume o fuoco.
Affretta il passo, o peregrino, e trova
qualche uscio aperto, ove tu chieda albergo.
Ora in palagio tuonano le porte,
i catenacci stridono e le chiavi,
serrando il re. Poi tace ultima anch'essa
      la lunga lugubre campana.

Ma Enzio ancora ode sonare il corno
della gran caccia, dalla Valle rossa.

Di sangue tinti sono l'erba e i fiori.
Giacciono i morti, i morti dell'impero,
giacciono, chi sul dorso, chi sul petto,
tra i neri massi, a piè dei neri pini.
Tre volte suona l'olifante, e chiama.
È la vigilia della tua vendetta:
chi ha mal fatto, non lasciar che dorma:
      ritorna, imperatore magno!

Oh! egli udì; l'imperator ritorna.
S'ode la vasta e lunga cavalcata.
Viene tra gli alti tenebrosi monti,
per grandi valli e grandi acque correnti.
Avanti e dietro suonano le trombe
a riscontrare in alto l'olifante.
Non ha tra lor chi non si dolga e pianga.
Sul calpestìo risuona e sulle trombe
il pianto, come in mezzo all'acquazzone
      le raffiche dell'uragano.

Sono alti i monti, gli alberi molto alti.
La Valle è piena di rosai selvaggi.
La notte è chiara: è chiarità di luna;
tremano i gigli nella rossa Valle.
Presso ogni morto è fitta la sua spada,
la spada sua con l'elsa fatta a croce.
Stanno riversi con le braccia in croce:
è nato un giglio in bocca d'ogni morto.
Ognuno ha il giglio, a ciò tu li conosca:
      ritorna, imperatore santo!

Viene. Non è ancor giorno né più notte.
Splendono già le punte delle lancie,
lucono gli elmi, brillano gli osberghi,
elmi ed osberghi e scudi pinti a fiori.
Si vedono ondeggiare i gonfaloni
appesi all'aste, rossi azzurri e bianchi;
su tutti i gonfaloni è l'orifiamma,
quella che un giorno si chiamò Romana.
Tutti a cavallo i popoli del mondo:
      in mezzo a loro è Carlomagno.

L'imperatore! Ha conti e duchi intorno,
vescovi armati, con le mitrie d'oro.
L'imperatore ha gli occhi al sol levante,
l'arcangelo gli dice: Ave! all'orecchio.
È bianco, è vecchio di cinquecento anni;
la barba in fiore ha stesa sull'osbergo.
I centomila, in segno di gran duolo,
fuori dell'elmo hanno la barba bianca.

Va, giungi al campo ove morì Rollando,
    imperatore! imperatore!

Va, ma non giunge. È brusìo d'ombre vane
ch'ode re Enzio, quale in foglie secche
    notturna fa la pioggia e il vento.

LIBERTAS